일상의 노래

일상의 노래

초판 1쇄 인쇄   2015년 01월 09일
초판 1쇄 발행   2015년 01월 16일

지은이   최 한 중
펴낸이   손 형 국
펴낸곳   (주)북랩
편집인   선일영   편집   이소현, 김진주, 김아름, 이탄석
디자인   이현수, 김루리, 최성경   제작   박기성, 황동현, 구성우
마케팅   김회란, 이희정
출판등록   2004. 12. 1(제2012-000051호)
주소   서울시 금천구 가산디지털 1로 168, 우림라이온스밸리 B동 B113, 114호
홈페이지   www.book.co.kr
전화번호   (02)2026-5777   팩스   (02)2026-5747

ISBN   979-11-5585-428-0 03810(종이책)   979-11-5585-429-7 05810(전자책)

이 도서의 국립중앙도서관 출판예정도서목록(CIP)은 서지정보유통지원시스템 홈페이지(http://seoji.nl.go.kr)와
국가자료공동목록시스템(http://www.nl.go.kr/kolisnet)에서 이용하실 수 있습니다.
(CIP제어번호 : CIP2015000899)

일상의 [노래]

최한중 지음

북랩 book Lab

목차

[2장
60 즈음, 병환]

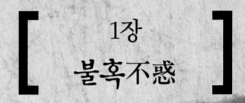

[1장
불혹不惑 **]**

가을하늘

맑은 가을하늘.
현재의 궁핍은 걱정 없으나
닥쳐올 미래의 불확실성과 삭막함에 다시 한 번 눈 감아본다.

우리나라. 우리사회. 우리가족.
울타리의 평온함이 깨어지고
각각의 이익과 질시만 남아
먼 옛날 마당 평상에 누워 흘러가는
뜬구름 쳐다보던 그 때가 언제던가.

현실에 접할수록 냉담과 반목이 고개 들고
바보스런 인정은 사라지니
네 눈망울에 비친 내 인상마저 콘크리트 조각으로 나타날까.

정 주고 정 받는 너와 나의 마음마저
스산한 날씨 속에 머물다 가버려라.

〈1985.10.21〉

불안감

해 넘어가는 즈음.

X-mas 전야가 다가오고

올해도 평범과 적응 속에 보내고

주어진 여건 속에 내년을 점친다.

덜 바쁜 행렬 속에 왜 그리 조급한지.

무모를 무릅쓰지 않는 나날이 이어지나

폭넓은 고민, 적당한 노동으로 피로를 맛보고 싶다.

이사하여 집안 정리되면 좀 더 벗어난 계획대로 살고 싶다.

적당한 고독.

〈1985.12.24〉

최선인가

내가 하는 일은 최선의 것인가.

노력과 갈등과 보람, 성과의 분기점은 어디인가.

나는 나로 하여 여기에 왔고 나로 하여금 사라져 가는가.

잡다한 생활 속에 행복이 안일과 권태를 낳아

툭 내버린 자신을 자꾸만 돌이켜 보고픈 때이다.

정말로 성취자만이 성공자인가.

무한한 권력, 금력, 명예와 병존하는 성취,

작은 행복은 인정받는가.

〈1986.01.13〉

출장

이리-대전으로 출장 다녀오다.

차창으로 보이는 수많은 사람들이 살아가는 냄새가

풍겨오며 부럽게 보이는 건 역시 논매고 밭가는 사람들이다.

풍요와 권세는 뒤로하고 적절한 노동과 단순한 근심으로

하루해를 뒤로하는 복 받은 자들.

서로 질시하고 책임을 전가하고

개인의 조건을 무시하는 무정한 사회에서

자신의 존립을 만끽하고 살아가는 그들만이

뒤엉킨 영특한 자를 향하여 무표정하게 바라볼 수 있을 것이다.

〈1986.01.30〉

이사

일주일 후에는 이사를 해야 한다.

과거에는 잦은 행사로 이사에 이력이 났었고

어쩔 수 없이 행해야 하는 행사였다.

출가 후에는 2번의 이사가 있었고

집안을 좀 더 늘려가는 재미로 매번 즐거웠었고.

그러나 이번에는 왜 그런지 신나지 않고 불만스럽기만 하다.

왜 그럴까.

만족의 범위를 벗어난 만용으로 양심에 대한 죄스러움 때문인가.

분수에 맞는 생활만이 남의 질시에서 벗어나

편안한 마음을 누릴 수 있으리라.

〈1986.02.13〉

드라마

우리는 TV 드라마를 보고 내용이 복잡하고 해결하기 힘들수록

흥미진진해 하고 재미있어 한다.

그러나 자신에게 닥치는 일이 비슷하게 전개될 때는

운명의 탓으로 돌리기도 하고

힘겨워하며 벗어나려고 정상적으로 회복하기 위해 안간힘을 쓴다.

또한 가까운 주변에서 이러한 일이 발생할 때는

애처로워하기도 하고 또한 드라마를 보는듯한 착각에 빠지기도 한다.

결코 인생사는 드라마이면서도

드라마이기를 거부하는 시간의 연속이다.

〈1986.03.11〉

바쁨

매일 쓰기로 마음먹은 일기(수필)가

한 번 손 놓았다 하면 10여 일을 넘기기 일쑤다.

분주하게 움직이는 차량과 인파 속에

시간의 흐름은 단편단편 느껴지고

세상사 즐거움을 느낄 수 없고 괴로움을 절감할 수 없으니

인정 또한 메말라 버린 것 같다.

먹기 위해, 입기 위해, 과시하기 위해 사는 사회 속에

영혼의 존재는 끝까지 무시당해야만 하는가.

산속의 스님도 속세에 절었으니 신마저 외로워 보이는구나.

⟨1986.03.28⟩

차라리 내일이어라

해갈이 커튼 대신 붙인 흰 종이로 흐린 하늘이 가려지고
창밖에 오가는 차량의 다급함만큼 행인의 발걸음은 힘차지 못하다.
경적과 엔진 소음. 멍든 귀속에 꺼지고 싶은 오늘.
차라리 내일이어라.

〈1986.05.27〉

나의 길

나의 길을 가기 힘들다.

적당한 위치, 적당한 처우.

자신에 투자한 나의 자신감, 성취감.

뛰어야 하느냐. 기를 막아야 하느냐.

작은 존재. 무한한 욕망.

나는 내 길을 가고 있는가.

좁은 방의 소음.

마음마저 작아질라.

〈1986.05.31〉

영원한 사랑

당신은 어떤 사랑을 원하십니까?

달콤한 사랑,
끈질긴 사랑,
타버리고 불기 가신 사랑.
사랑은 뜨거워야만 하는가.

타버릴까 두려워 잿속에 파묻고
열기 재운 사랑만이 영원하여라.

당신은 영원한 사랑을 원하십니까!

⟨1986.07.05⟩

사모思慕

그대 향한 그리움에
하던 일 놓게 되고
그대 보낸 목소리로
내 마음 편해져라.

그대를 만남에
가슴 졸던 어젠데
떨어짐이 안타까워
아쉬움만 남는 오늘.
아~ 그대에 내 영혼 남아있네.

〈1986.08.06〉

그리움

손등 위에 그어진 파란 물감인가.
팔뚝 속에 새겨진 검은 문신文身인가.

너와 나의 인연因緣은
정情 맺어 이어진 사랑.
계량計量하여 재어질까.

고심苦心 속에 둘러봐도
더운 바람 불어올 뿐.

〈1986.08.08〉

영혼의 표상

내가 나에게 있어
내 노릇 내 마음이요,
너가 너에게 있음에
너의 표현表現 네 진정일진데.

너가 나에게 숨겨져
그리움 솟아나고
내가 너에게 씌워지니
어이 너와 내 마음 어긋날 수 있으리오.

〈1986.08.19〉

고향 저녁

져내린 어스름
나무연기 솟아올라 뒤에선 저녁노을
소 내음 물씬하여 돌아본 왼편에는
너의 품 작은 동산 꿈속에 아롱댄다.

〈1986.08.20〉

물고기

물고기가 자라면 어항이 작아져서 행동이 제한되고.
그러나 물고기는 자란다.
어항을 바꾸고 꾸며놓으면 이번엔 그 환경이 오염되고 싫증난다.
물고기는 크는데 관심을 쏟으니
아름답게 보이고 흥미롭게 보이도록 노력해야 한다.

사람은 다르다. 흥미롭게 아름답게 보이는데 대한 보답을 요구하며
그 속에 자기 계발을 게을리하지 않아야 하며
더 큰 어항, 영구히 쉴 수 있는 어항을 찾아 계속 생각한다.
생각하기 싫고 노력하기 싫어지니 어항 속의 물고기가 되려나 보다.

〈1986.10.08〉

하늘

4각角 유리창을 통하여 보이는 하늘.
삶의 냄새 접어두고 싶어라.
찰나의 감정, 질시는 더욱더 그러하여
무아無我의 혼돈 속으로 흘러가고 싶어라.
끈끈한 정情은 물결과 같아서
냉정히 자를수록 가슴 속 소용돌이 일으키니
그마저 접어두려도
흔들리는 마음 걷잡을 수 없어라

4각角 유리창을 통하여 보이는 하늘
그 사이 희뿌연 구름으로 뒤덮이다.

〈1986.10.10〉

10월

10월의 가을 속에
여신女神이어라. 그대는.

낙엽 뒹구는 가로상街路上에서
여인女人이어라. 그대는.

애수와 사색에 젖어
가련한 듯 하면서도
신선하고 발랄한
애인이어라. 그대는.

맑은 아침 공기 속에
그대 입김 되새기고
높은 하늘 품에
정든 마음 담아본다.

〈1986.10.17〉

사랑의 온기溫氣

냉기冷氣 덮친 하늘가엔

푸르름 더하고

텅 빈 머릿속은

잡념 속에 시달리다.

인간人間의 심성心性이 한결같지 못하매

오늘의 갈등은

어제의 후회던가.

사랑의 온기溫氣 아직도

가슴속에 흐르다.

〈1986.10.30〉

세속을 넘어

속세俗世의 갈등에 휩싸이지 않고
있는지 없는지도 알 필요 없이
그대로 살아가는 군자君子의 상像.
그러나 스스로 알게 되고 그마저 외면하는 초탈의 경지.
이성도 감정도 속으로 삭이고 삭여
이제는 푸른 하늘만이 눈 위에 보여 주어라
내 심신 세속을 떠나게.

그 누군가 갑자기 보고 싶어진다.
책상 위 삐순이 닮은 아가인가
달콤한 속삭임을 듣고 싶다.
공간 속에 되뇌이는 그 목소리를.

〈1986.11.05〉

정지된 시간 속에서

흐름이 멈추고
소리마저 꺼져버린
정지된 시간 속에서.

율동이 걷히고
마음마저 죽어버린
정지된 시간 속에서.

눈 부셔 빛 가림에
손마저 무거워라.

마비된 거리 위에
발 붙은 마네킹 군群
오늘도
정지된 시간 속에서.

〈1986.12.09〉

대여인간貸與人間

당장의 갈 곳은 있는가.
곧바로 할 일은 있는가.
마음 주고 몸 빌려
오늘을 사는 사람.

내일의 누울 곳은 있을까.
그다음 맡겨질 일 있을까.
머리 없이 사지四枝로
내일을 사는 사람.

가슴 비워 채워진 공해
육신으로 퍼뜨리며
흐름을 타는 사람
대여인간貸與人間.

〈1986.12.12〉

그대 얼굴

맑은 얼굴은 즐거움을 준다.
해맑아 파리한 젊은 비구니의 얼굴은
보는 이 마음마저 상쾌하게 이끈다.
주인 잃은 강아지의 넋 나간 표정보단
관심 있는 불쾌한 얼굴이 반가울 때도 있지만
그러나 조건 없는 맑은 얼굴이 보고 싶다.
천진함도 아니요, 포기도 아니요,
겹쳐진 가면은 더더욱 아니니
내 그대의 맑은 얼굴 어디 비겨 표현할까.

〈1986.12.24〉

지친 여로

나의 길을 가리니
앞을 보게 해 주오.
멀고 긴 여로에
지치지 않게 해 주오.
짊어진 등짐 속 배어든 땀 내음에
점점 짓눌리어 주저앉아 버릴라.
오늘을 살리니
가볍게 차려입고
모든 것 버린 후에
날개 펴고 날아갈 걸.

〈1987.01.23〉

즈음에

만져서 잡히니 물질이오,

눈 속에 움직이니 생물인가.

주고받으니 마음이고,

새겨서 불태우니 원한인가.

자르고 두드리니 물질이오,

아프고 죽어서 생물인가.

흘리고 담는 인정이

마르고 멈춰 버린 즈음에

설 자리 헤매는 영혼이여.

〈1987.01.25〉

불혹의 시기에 들어서서

나래 접힌 상태의 불만족.
완전에 대한 불완전의 미흡.
생의 전개와 정리의 변곡점.
나에 속한 인간들의 이질감.
어린 젊음이 그리워지고
겉늙었나 노후의 두려움.
오늘을 달래어 내일에 서니
꿈길을 헤매였나. 어제의 삶은.

〈1987.04.05〉

선택

내가 속한 주위가
내가 택한 이 길이
뒤돌아보고 싶지 않을 때가 있다.
씻고 씻어 상대한 얼굴들이
약고 약은 가면 씌워 버렸으니
내가 글렀는가.
자네가 틀렸는가.
오해는 있을 수 없고
그때그때의 정답은 하나뿐인데.

〈1987.05.19〉

드리움

기다리는 마음이 있어 오늘을 산다.
스쳐오는 눈길이 있어 창문을 연다.
산뜻한 기운이 그네 자취 감싸고
휘도는 더위는 몸속에 삭아든다.
하얀, 파란 마음속에 오늘을 산다.

〈1987.07.07〉

日流의 노래

고마워라

그대 영혼 너리 내려
내 숨결 잦아드니
공간 속에 널린 좌표
두 점이 이어지다.
너울진 흐름 속에
맺힌 언약 되새기고
서로의 있음이 또 한 번 고마워라.

⟨1987.07.30⟩

마차

완전完全을 향하여 가는 마차가 있다.
채찍이 거셀수록 속력이 늘고
달리는 흑마의 눈은 살기를 띠운다.
잘못된 진로를 거슬려 가기엔
마부의 몸부림도 용서가 없다.
가파른 덤불도 전진 앞에 무력하고
던져진 몸으로 헤쳐나간다.
오늘도 마부와 흑마는 눈 비끼고 달린다.
서로를 질시하면서.

〈1987.08.05〉

상상 속 여인에게

내가 보고픈 여인에게.

내가 갖고 싶은 여인에게.

그리워 그리워하다 미칠 것 같고

포옹하고 힘주다 으스러질 것 같은 여인에게.

너 내이기를 염원하여

돌처럼 굳어져라.

상상 속 여인에게.

⟨1987.09.04⟩

머물지 않는 하루

가까스로 가진 시간의 여백을
공상空想에 빼앗겨 아쉬움 남고
펄럭이는 현수막의 뚫어진 틈으로
고층건물 만상이 흔들려 떨린다.

머물고 싶어도 머물지 않는
하루의 투영에서.

⟨1987.09.11⟩

가을의 문턱에서

땀 가시는 바람으로 가을이 오고
하늘 높아 시원하다.
탁해진 농부의 눈망울이 서러웁고
비닐 널린 농가의 정돈이 아쉬웁지만
그래도 우리의 가을은 기다려진다.
비포장도로로 푹 박혀버린 산골의 가을은
너와 나의 고향을 느끼게 하고
찌든 가난은 인정의 훈훈함을 가져오는데
가을의 문턱은 상쾌하기만 하다.

〈1987.09.15〉

그런 가을

바람 들까 저미는 옷깃 사이로
누구의 온기溫氣인가 빠져나가고
하얀 가슴녘엔 스스럼만 자리 잡고.
가을은 왔는데….

내쳐버린 발길에 그에게 갈까마는
아직도 망설이고 추억만 새로워라.
낙엽 밟고 나눌 대화 묻어두었나.
가을은 왔는데….

〈1987.09.29〉

호암산

스스럼 삭이며 올라본 그 산山이
잡목 속에 가려지고
꿈속에 그려보던 마음의 산山이
아니더라.
초가지붕 위에 피는 실연기 뒤로
큰 나무 우뚝 선 내 고향이 아니더라.
푸근함과 사랑이 싸인 그대의
가슴이 아니더라.
더 한 번 오르려다 주춤한 구석에는
그늘진 아쉬움만 남아있고.

〈1987.10.13〉

오늘에 서서

오늘에 서서 하늘을 볼진대
이끼 낀 파란 보드라움이 없어라.
생동하는 장면마다 각角이 져 흐르니
마음속 삭이는 느낌이 없어라.
마주 선 눈동자엔 그을음이 끼었고
냉랭해진 태도엔 내 쉴 자리 없어라.

〈1987.10.29〉

겨울비 뿌리는 창가에서

흐리고 추운 정오의 길가에는
오가는 행인들의 들뜬 발길만이
흙탕 위에 자국 남겨 전진하다.
겨울비 내려 가슴 속 젖어오매
뿌듯하나 아쉬운 섣달의 거리에는
내 섰을 과거의 자리마저
오늘이 새로워라.
내 찾은 평온 속에
다시 드리고 싶어라.
마음만은

〈1987.12.15〉

삶의 그늘에 서서

먼저 간 시간 속에 남겨진 공백이
가슴을 때리며 메아리쳐 올 때면
내가 산 하루가 아쉬움으로 그득해지는데
삶의 자국이 바랠까
그늘에 선다.

뭇 구름 떠돌다가 머무는 하늘가에
선웃음 띠우며 어제를 돌이켜도
내가 산 하루가 그리움으로 그득해지는데
삶의 자국이 바랠까
그늘에 선다.

〈1988.07.02〉

흐름을 알고

막연히 흘러가는 시간들에
가벼운 심호흡이 필요할 때다.
간혀진 수로 내에도 물의 흐름이 엉켜질진대
내 갈길 발 엉키어 휘청거릴라
쏠려 지나가는 오늘 속에도
흐름을 알기란.

〈1988.09.30〉

새로운 공간

찬바람 몸에 스며들어
가을 깊숙이 빠진 시간에
자신에의 도전으로
하루해 저문다.
"내 머물 곳은 여기인가"
되물어 보아도
답 없는 그 공간이
오늘도 새롭구나.

〈1988.10.12〉

변신하자

새해를 맞이하여
한 번을 변신하자.
변한 몸 다시 변해
두 번을 변신하자.
두 번이 모자라면
세 번, 네 번, 다섯 번
더없이 새로워진
내 모습이 대견토록.
올해는 나의 해
달라진 내가 되어.

〈1989.01.04〉

늦은 비

시간을 타고서 미끄러져 내리면
하루가 흐르고
잡다한 일들이 밀어닥치면
쫓기다 서서
먼발치로 보이는 내일이
그다지도 두려워라
표상이 되기엔 너무나 무거워라
두 팔 벌리고 쪼그라진 가슴에
늦은 비 내리는데

〈1989.08.23〉

늙어지려 하는데

옳게 늙어지려 하는데
보기 좋게 늙어지려 하는데
기분 좋게 늙어지려 하는데
여유 있게 늙어야만 하는가.
간만의 차이가 너무나 두려워서
가슴 속 깊은 벽 가로지르니
넘다넘다 지쳐버린 평온의 성을
눈에 넣고 저만치에 밀어둬야 하는 것을.
옳게 늙어지려 하는데
보기 좋게 늙어지려 하는데
기분 좋게 늙어지려 하는데
하얗게 늙어야만 하는가.

〈1989.12.31〉

펜을 들다

신년 들어 처음으로
개업하여 처음으로
새로움 속에서
장래를 고민하며
펜을 들다.

하늘은 파란데
꿈은 푸르스름하고
주위는 온통 회색빛.

마음의 등불로
이따금 쏘아주는 손전등의 도움으로
내디디는 걸음이 조심스럽다.

〈1990.03.07〉

내가 사는 길목에서

나의 삶을 갑니다.
약삭빠르지 못하고 가는 길이 둔해도
무언가 해야 할 사명감에서
오늘을 삽니다.
열리지 않아야 여는 맛이 있고
단단해야 뚫는 맛이 나듯
인생의 역경이 첩첩이 쌓여도
여러 번 도전하여 몇 번만 나아가면
나만의 보람은 이것입니다.
나만이 혼자입니다.

〈1990.03.10〉

다른 하늘

창문 밖에 다른 하늘이 보인다.
동쪽 하늘이 남쪽 하늘로 바뀌고
오랜만에 잿빛 공간이 파랗게 비친다.
높이 오르는 빌딩의 숨결이
요즘엔 왜 그리 거친지 모르겠다.
시간의 여유가 없고
공간마저 부딪혀 소음이 심한데
식상한 마음이 가슴을 메운다.

〈1990.04.04〉

탈출

탈출하고 싶은 내가
탈출할 수 없는 나에게
탈출하라고 속삭이더니
탈출할까 망설임에
진저리쳐 돌아온 지금.
흐름에 맡길까 자위해보고
다시금 망연해지는 나 자신.
버리고 싶어라.

〈1990.05.25〉

휴식

오늘 늦게
맴돌다 머문 마음이
막 자란 풀밭 사이로 숨겨지고
턱수염 자라듯이 꺼칠한 느낌만이
남아있네.
지친 나래 피고 엎어져서
저무는 해 바라보고 눈짓해도
감기고 감기는 눈꺼풀이 무거워라.

〈1990.07.20〉

가고픈 끝

막 달리고 싶어라.

훌훌 벗고 가볍게
들판 지나 산길에도
맨발로 땀 흘리며
진 빠져 흐느적거리다
쓰러지고 싶어라.

끝까지 노력하고
비워버린 가슴에는
아직도 도사린
한 점의 아쉬움이.

〈1990.07.30〉

걱정

창업한 뒤 제대로 되는 것이 없는 해이다.

능력의 탓인지 노력의 부족인지 세상은 급박하게 돌아가고

인정 마르고 이권만이 눈앞에 어른거려

기술인의 삶이

장사꾼의 너울 속에 이어지고

푸른 하늘 잿빛으로 변하듯

부족하고 모자란 듯한 속에 넉넉했던 마음들.

물질과 향락과 나태 속에 자리 잡아

다가올 내일의 빈곤이 걱정스러워라.

오늘이 지나 시간의 흐름 속에

망각된 생활의 연속이어라.

〈1992.07.10〉

색깔

세대 간의 갈등은 심심찮게 언급되나 세대 간 조화는 좀처럼 찾아보기 힘들다.

세월의 차이로 연령별 세대의 간격도 점점 좁아지고 색깔의 분별도도 깊어지고 있다.

색깔은 섞여서 중간색을 띠우나 세대의 혼탁은 무의미하고 오직 흑백의 논리만 성립된다. 색깔에 따른 세대와 성별의 구분은 어떠한 양상을 띠울까.

청년층에 청색을 주고나면 소년층엔 녹색, 유년층엔 연두색을 주고 싶다.

노년층에 회색을 주고 나면 장년층엔 고동색을 주고 싶다.

해맑은 장년의 얼굴에는 땅 색에 가까운 연한 갈색을,

생활에 찌들려 주름진 얼굴에는 갈색과 회색이 교차된 어두운 색깔을 주고 싶다.

발랄하고 명쾌한 처녀의 몸매에는 홍색을,

성숙을 꿈꾸는 소녀의 머리에는 오렌지색을 주고 싶다.

결혼하여 약간 성숙된 여인의 마음에는 핑크색을,

완숙된 부인의 노련미에는 진홍색을 주고 싶다.

홀로 사는 노처녀의 가슴에는 붉은색을,

도통한 도사의 겉옷에는 흑색을 풀고 싶다.

갓 태어난 어린 아기 눈에는 상아빛 색깔을,

홀로된 지어미의 발에는 흰 버선을 신기고 싶다.

방황하는 세대들의 생각에는 검은 먹을 뿌려 지우기보단

뭉개는 것이 편할 것 같다.

하늘색은 누구의 것이고 땅 색은 누구의 것인가.

오염된 자연은 방황하는 인간의 색깔이니 회생할 수 있을까 안타깝다.

〈1995.08.08〉

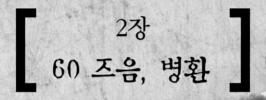

2장

60 즈음, 병환

60 즈음

봄이 오는 느낌.

육십이 다가오는 소리.

왕성히 활동하며 우리 세대의 주역임을 내세웠던 주변 인물들이

힘을 잃고 주저앉는 소리.

힘 있는 주변의 필요성을 쫓아다니면서

그들의 무관심에 서글펐던 어제가 그립다.

가정, 사회, 국가가 항상 나의 활동을 원하지는 않을텐데.

쉼으로 가는 계단이 왜 이리도 가파른가.

모든 것을 놓고 가기가 그렇게도 아쉬운가.

이룬 것이 많은 것 같으나 풀어보니

내 머리 속과 맞바꾼 것 같고 그 속은 텅 비었다.

다시 시작해야 하는 길목에서.

〈2005.03.08〉

방사선 치료

어제 첫 방사선 치료를 받았다.

큰 기대도, 절망도 느껴지지 않고 다만 내 자신이

어려운 대열에서 벗어나지 못하고 소모적인 시간을 보내야 하는 점이

안타깝다.

옷과 구두는 다 닳아 해져야 버릴 줄 알았던 수명에 대한 인식이,

어느 시점에 내 격에 맞지 않으면 과감히 벗어 던져야 한다는 생각으로

바뀌고 있다.

가지고 있는 모든 재산도 다 쓰고 가야 한다는 생각을 하지 않았는데

가급적 내 몸은 내가 추스르고 싶었는데 환자인 아내의 도움을 받고 있으니

내 과실에 대한 응징인지 아내의 정상회복을 유도하고 있는 건지

모르겠다.

주변의 친척, 친지의 격려는 내 생각에 많은 힘을 실어주고 있다.

진솔한 대화와 정보에 대한 보답으로 좋은 결과가 있어야 할 텐데.

내 스스로 쳐놓은 그물에서 조금씩 벗어나려는 노력이

언제나 빛을 볼 건지.

그물을 거두어 줄 사람이 필요한데.

〈2007.01.17〉

치료 3일째

망설여 왔던 방사선치료도 받기 시작한 지 오늘이 3일째가 된다. 처음 암 선고를 받았을 때 당사자인 나보다 더 놀란 관심을 보여주었던 친지들도 이제는 나보다는 여유를 갖고 바라본다.

암에 걸려 절망과 투쟁에 대한 두려움보다 이 병의 진전에 대한 관리를 내 자신이 해야 한다는 부담감이 더 견디기 힘들다. 치료비가 얼마든 최선의 방법을 찾아가는 일, 나보다 더 의지를 갖고 해줄 수 있는 사람, 시스템이 과연 존재하는 것일까. 내 자신이 환자이며 보호자로서 생활과 투병을 병행하며 가야 한다는 그 자체가 힘들다. 차라리 환자의 보호자로서 내가 최선의 방책을 구하기는 쉬웠는데. 보호자로서의 나만큼 나를 보호해줄 보호자가 있는가. 이에 대한 실망감, 소외감이 앞으로의 투병생활에 얼마나 영향을 미칠지. 앞으로의 투병생활에 얼마나 영향을 끼칠지. 완벽한 보호자는 본인이 환자의 입장이 될 경우 본인이 보호자 역할의 일부 또는 전부를 담당해야 만족하는 것 같다.

살아가는 데 완벽을 기하는 사람은 주위 사람을 편하게 해줄 수 있으나 본인은 항상 부족하고 외로운가 보다.

허리가 줄었으니 바지를 새로 사든가 복대를 다시 차야겠다.

〈2007.01.18〉

치료 2주째

방사선 치료를 받은 지 2주가 지났다.

상복부가 꽉 찬 느낌, 치료부위가 몇 번 뜨끔거림이 있었지만 큰 어려움은 없는데 몸 전체가 힘이 없고 약간의 어지럼증 현상이 있다.

최선을 다해서 투병 아닌 투병을 하고 평소의 생활로 돌아가고 싶다.

삶과 죽음은 나의 경우에 엄청난 장벽이 있을 거라 생각했지만 지금은 그 경계가 모호해지고 언젠가는 다가올 수도 있다는 긍정도 부정도 아닌 그대로 받아들이고 싶다.

내 자신이 내 가족을 포함한 주변에 얼마나 영향을 주고 있는가를 느껴보지만 현재는 익숙함 빼고는 생각하고 싶지 않다.

아직은 현실을 탈출할 정도의 절박함은 없더라도 마음은 벗어나서 편안해지고 싶다.

아버지로서 남편으로서, 자식으로서, 형제로서, 회사의 대표로서, 직접적인 관계에서 짐을 벗고 그냥 병든 하나의 인간으로 평범해지고 싶다. 재미있었던, 즐거운 시간을 떠올리고 싶지만 차라리 모든 추억에서 벗어나는 것이 더 편안하다. 소유를 버리고 관계를 벗어나고 바보의 머리로 돌아가고 싶다.

〈2007.01.29〉

치료 막바지

방사선 치료가 막바지에 들어섰다.

소화가 안 되고 상복부가 수술 후와 같이 부어서 생살이 닿는 듯한 느낌이다. 혈압도 간간이 20 이상 떨어지고 현기증도 난다.

나는 지금 나아가고 있는 것일까.

남들이 보는 혈색, 말투에서 생기가 돈다고 한다. 그러나 근력이 약해 때로는 움직이는 것부터 귀찮을 때가 있다.

주위의 친지, 친구들로부터 내 상황이 점점 잊혀 가고 있는 듯하다.

모든 것을 있는 그대로 생각하고 처리하려고 하지만 바보가 되기도 힘들다.

시간이 정체되고 공간도 축소되는 착각 속에 내 자신을 맡긴다는 것은 너무도 비현실적인 것 같아 혼란스러울 때가 많다. 나는 살아 있는 것일까, 발병 전 활동의 얼마나 만족해야 하나.

내 자신을 추슬러 나가면서 미래의 내가 두려워진다.

회사 대표로서, 가장으로서, 사회의 연로자로서 내 자신이 투병하며 자리잡는 바람직한 나의 상像은 어떤 모습일까.

〈2007.02.12〉

빠른 세월

세월 가는 속도가 시속 60km인가.

수술 받은 지 약 6개월이 경과했다.

가끔 수술부위가 뜨끔거리지만 현재는 정상이다.

수술 후 재발이 벌써 올 리는 없고, 느낌이 그래서인가.

회사의 작은 일에 손 떼고 나서 숲을 돌아보니

현재는 그렇다 치고 내년 이후가 알 수 없다.

모든 일이 그렇듯이 최소한 2~3년은 내다보고 가야 하는데….

임원들의 시야가 좀 더 넓어졌으면 좋겠다.

급한 사람, 느린 사람이 섞여서 대조를 이루며 사는 조직이어야 하는데

급한 사람 역할을 했던 내가 물러서서 모든 것이 느리다.

힘들어도 17년을 살아온 기업이니 잘 견디리라 믿는다.

직영 포함 180여 명의 생계가 달린 일터.

좀 더 안정되길 기대한다.

〈2007.06.04〉

나들이

어제는 60 들어 옛 추억도 가물가물한 채

남산 케이블카, 남산타워, 북악스카이웨이를 다녀왔다.

왠지 쓸쓸하고 아련한 추억이 무덤덤하게 느껴지는지,

그동안의 삶과 낙이 오로지 건강과 투쟁의 나날이어서 그런지

전쟁이 끝난 그 무력감이랄까.

그래도 아내는 삶의 끈을 놓지 않고 있으니 나보다는 젊은 것 같다.

용산고 교정. 희망 없이 넘나들던 이태원 고갯길.

나에게는 학창시절의 아련한 기억이 별로 없다.

시 쓰러 몇 번 나갔던 동아리 활동.

가정의 빈곤에서 지레 소심한 성격이 된 것 같기도 하다.

이렇게 보내야 하나. 복에 겨운 소리인 건가.

수술 후 1년이 지나 큰 문제가 없으면

부담 없는 해외여행을 시작해야 할 것 같다.

〈2007.08.24〉

생각 정리

벌써 9월 중순에 접어들고 병치레로 병원, 자료수집 등에 소일하고,
행동에 제약받고 몸도 시들하고 기억력과 판단력이 갑자기 흐려지니
우울한 마음 가눌 일 없어진다.
예상치 않다가 마지막 생의 순간이 온다면?
내 생각을 정리해 보고 싶다.
우선 내 가족 중 아내에게 미안하다.
너무 긴장 속에 살다 보니 아내에게도 긴장 속 생활을 기대하고
마음의 여유를 없앴으니 경제는 괜찮으나 그간의 시간이 각박했다.
꼭 주고받는 거래의 관계가 아닌데… 미안하다.
아들, 딸에게도 완전 예방된 생활습관을 강요하다시피 하니
거기도 여유가 배제되어 왠지 분주하고
계산되지 않은 희생의 사랑이 없었으니 면목이 없다.
사랑과 편익을 동시에 줄 수 있었는데 말이다.
내 형제들에게도 면목이 없다.
가풍이 그랬더라도 좀 더 인정 있는 관계가 있었으면 했는데
거기도 형제간 의의는 있었어도 사랑이 없었다.
미안하다.

내 친구들에게도 모든 것을 주고받는 서울깍쟁이식의 거래로 여겨

불편을 끼치지는 않았지만 좀 더 허술한 인정의 상대가 되어주지 못해

미안하다.

내 주변 친지들 회사 관련 인사를 포함하며,

좀 더 우러러볼 수 있는 여유 있는 인간으로 완성되지 못한 점 부끄

럽다.

나는 어디서 와서 어디로 가야 하나.

내가 가는 곳의 종착지는 과연 내가 가고자 그토록 애태웠던 곳인가.

내가 다시 태어나면 미완성 여유, 무소유, 무관심 속에

자유롭게 행동하고 다음 일 생각을 않고 싶다.

모두들 양해와 용서를 구하고 싶다.

그리고 나에게 특별한 관심과 인연을 맺은 속세의 인사들에게도

평범하지만 약간 독특한 사람이 한세상 살고 간 것에 대해

추억의 흔적 한 장으로 남겨주면 고맙게 생각하겠다.

길게 생각하지 않고 짧게 생각한 내용도

모두 잘못과 용서를 구하니 나는 참 잘못 산 것 같다.

하찮은 사람의 일생이니 잘한 일이 있을 수 있나.

이 글도 읽을 가치가 없을지도 모르겠다.

내가 죽어서도 듣고 싶은 노래가 있다면

- 나는 행복한 사람
- 한 오백 년
- 빗속을 둘이서
- 하얀 나비
- Amazing grace
- 바람이 전하는 말
- Let me go home, country road

〈2007.09.13〉

두려운 사랑

나, 사랑하게 될까 두렵소.

진정한 사랑을 모르기에….

나, 사랑하게 될까 두렵소.

이 나이에도 열정이 솟아날까.

나, 사랑하게 될까 두렵소.

나 혼자만의 사랑이 될까

나, 사랑하게 될까 두렵소.

지금의 두근거림 흩어질까.

〈2010.05.29〉

그대 있음에

만남의 여운이 가시기 전에 스며드는 쓸쓸함.

반백 년 넘어 살아도 나의 감성이 초점을 잃어

함께하는 그것만으로 내 마음 편해지니.

연꽃 속에 파묻히는 아늑함이여.

그대 있음에.

〈2010.06.21〉

호반 추억

영혼이 살아 숨 쉬는 한
낭만이 함께 하게 하소서.
호반의 비릿한 내음 맡으며
콘크리트길 손잡고 힘주어 걸었지.
도열한 장미꽃 그대 발아래 잎 떨구며 흩어졌네.

〈2010.06.28〉

행복

하루를 보내는 즐거움이란
내일을 기대하는 설레임이다.
지나온 어제를 기억하기란
다가올 미래보다 더 아늑하다.
나, 오늘에 서서 이보다 더
행복할 수 있는가.
현실 속에서

〈2010.07.02〉

소망

신의 계시대로 오르면
하늘을 맛볼 수 있나요.
나의 모든 것 내놓으면
하늘을 접할 수 있나요.
욕심, 근심 다 버리면
하늘을 들여 볼 수 있나요.
신의 뜻대로 순종하니
사랑의 날개만 접지 않게 하소서.

〈2010.10.01〉

날아

나· 오늘 여기 있음이 행복입니다.
연륜 잘라내고 머릿속 털어내고
버리고 비우니 왜 그리도 가벼운가.
나· 날으럽니다. 새들만 사는 세상으로….

〈2010.10.01〉

하늘 구경

천상에 오르면 다 보인다고요?
신만의 공간에 내 어찌 들겠소.
다만, 그 아래 고산高山은 가능할진대.
내 수백 번 올라봐야 항상 그 높이.
평생 오르면 그 지성 값 매겨
비슷한 구경 한번 해주시구려.

〈2010.10.02〉

거울 보다

빛바랜 내 얼굴이 거울에 엇 스칠 때
또 하나의 타인이 네 마음속 자리 잡고
욕망의 시간을 거슬러 올라가니
낯익은 얼굴들 이다지도 많았던가.
던져버린 순간들이 가슴 속 파고들면
아련한 기억들 영상되어 피어난다.

〈2010.11.04〉

깨달음

늙음이란 단어가 아직도 멀리 보이나요.
아니면 다가오기를 두려워하시나요.
성장과 숙성이 반복되면 갈망하던 안정.

느닷없이 막아서는 퇴장의 손짓 속에
나 또한 모른 척할 수 없답니다.
병 잊고 사는 오늘만큼 시간의 흐름이
고마운 줄 몰랐답니다.
그리움의 효과가 자연보다도 더 센 줄
왜 이제야 알았는지….

〈2010.11.23〉

사랑의 열쇠

유년시절 마당의 평상에 누워 바라본 뭉게구름.

그때는 분명 우에서 좌로 흘러갔다.

더 오래전 태어난 집 대문에서 바라본 저녁노을, 연무.

피난 시 지나친 외양간 소 거름 냄새.

내 기억의 착각인가, 망상의 잔재인가.

그 후로는….

이제야 천천히 다시 느끼고 거슬러 가나보다.

지척의 관계도 돌아서면 잊혀지고

얽매임의 인연도 풀려는 게임인데

순간은 살아있고 영원은 죽어있다.

사랑의 열쇠는 위 글 중에 숨어있다.

〈2010.11.30〉

새해

해가 바뀌었다.
작년은 그냥 살아온 한 해였다.
손주들의 성장 변모, 부친 사망,
그리고 주변 노쇠한 인물이나 시설들의 나락.
올해는 어떤 인생이 펼쳐질까.

얼차려 손 모으면 어린 시절 돌아갈까.
손가락 사이 석양 노을 뿌옇게 새어나오면
최면 걸어 달력장 앞으로 돌려볼까.
얼빠져 눈 돌아가면 이 세상 잊을까 봐
오히려 놓치는 것이 더 좋은 선택인지라.

〈2011.01.03〉

채움

채움의 욕구는 망각의 시간으로 대체될 수 있을까.

빈 마음 구멍은 메꿀 엄두조차 못 내고

오늘도 채우고 싶은 모험 속에 빠지고 싶다.

육십 고개 넘어 남은 삶의 초상인가.

정 많게 태어나 굶주렸던 사랑을 거칠게도 받고 싶다.

나는 정으로 채워진 공간에 팽개쳐진 영원한 방랑자인가.

〈2011.05.12〉

청계산

십 리가 지척인 양 오르내린 청계산.
5월의 신록에 눈마저 멍드는데
산간의 나무·계곡 봄내음이 가득하네.
천신이 떠돌다 향기 취해 낙하하니
여인아, 너마저 지신되어 내 마음 헤집어라.

〈2011.05.23〉

우주 속에서

우주 속에서
x축은 공간, y축은 시간 여행,
z축은 영적 방랑.
그 속에서 우리는 점点이다.
공간과 시간은 반듯한 직선 흐름.
너와의 조우는 예상의 저편이었는데
마음의 방랑이 파동 쳐 깨어보니
드디어 두 점이 도킹했다.
외로웠던 수십 년의 우주헤엄.

〈2011.11.07〉

겨울

겨울 소리
한파 속 거센 바람
뼈 속 깊이 시린 추위

겨울 내음
백설, 차곡차곡
겹쳐진 산사 처마

겨울 공간
나뒹군 낙엽 덩이
내친걸음 멈추고

겨울 시간
느림보 태양
길게 누워 잠자다.

〈2011.12.09〉

해와 나

뜨는 해 여명 속에 양손 벌려 바라보니
아스라이 떠오르는 오늘의 일상들.
잠시도 한눈팔면 뒤처질까 두려워
혼자서도 달리듯 밀려가네.

지는 해 노을 가에 새털구름.
흰색, 주홍색 범벅 속에 그대 얼굴 현상하니
쫓기듯 오늘 하루 정리하면
혼자서 이 밤을 어이 지새우나.

〈2013.05.12〉

산, 산, 산

우산 쓰고 봄비 반만 스치니
메마른 내 마음 촉촉해지는 산, 산, 산.

〈2013.06.12〉

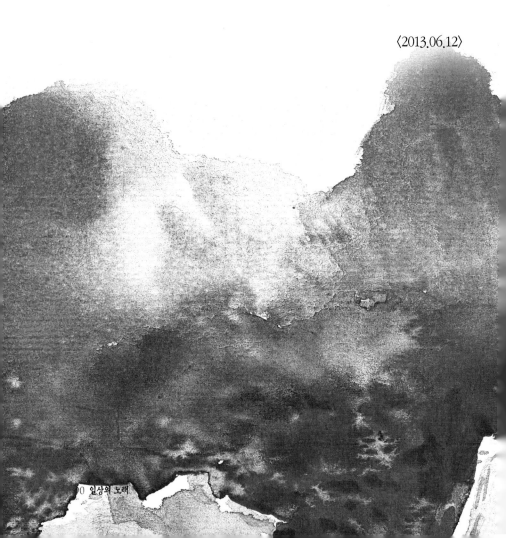

대모산 초입

소나기 후 숲 사이 바람 불어
향긋한 밤꽃 내음 코끝에
언제 열매 달려 떨어지나.

〈2013.06.24〉

돌아봄

내가 살아온 동안에 강산이 여섯 번 바뀌었지.
내가 살아오는 동안에 그대 미소 그대로인가.
내가 살아갈 동안에 저녁노을 무지개는 얼마나 필까.
변함없는 삶은 무상인데….

〈2013.07.23〉

쓸쓸함 I

해가 지나고 너저분한 책상 서랍을 정리해야 하나.

다소라도 필요할 것 같은 자료는 챙겨서 보관해놓아도

수년 지나면 그런 것이 있는지도 모른다.

기억력이 쇠퇴한 것도 있지만 자료를 업데이트하고 관리하는 욕심이

사라져서 그럴까.

그렇다고 다 치워버리기도 편치 않다.

육십 넘어 칠십 향해 가니

정리하는 행위 모든 것이 인생 마감의 느낌마저 들어 쓸쓸하다.

그냥 수더분하게 널어놓고 사는 것이 푸근하다.

모든 일이, 특히 생사, 생존이 걸린 일이 발생해도 그냥 덤덤해지는 것
도 이상하다.

참, 삶이 이렇게 헷갈릴 줄은….

⟨2013.08.06⟩

악몽

내 누운 곳 한 치 건너 그대 자리인가
신의 영역인가
캄캄한데 그대 찾을 여력 없어
손 더듬어 닿은 곳은 차디찬 대리석.
번쩍 정신들어 쳐다본 하늘가
꼬리긴 별똥별 서산에 내려앉네.
아, 우주여행 시작하나

〈2013.09.13〉

원위치

오름 다음엔 내림.

좌향좌 하면 우향우.

우리는 원위치의 본능 속에 산다.

공간의 원위치

흘러간 세월의 회귀는 회상으로 대신할까.

물레방아 수레는 돌고 도는데

낙하된 꿈은 한 번 흘러 사라진다.

추억의 회상은 망각의 치유인가.

〈2013.10.24〉

쓸쓸함 II

반 쯤 든 단풍
스모그 바람에 흩어지는 낙엽.
모든 게 스산하여 시상 일단 접고 하늘을 본다.
안개 깔린 잿빛 풍경이 가을의 쓸쓸함을 더한다.
자연의 부족함을 인간이 채워주나.
평일의 청계산은 등산객의 쉼터이다.

〈2013.10.29〉

늦가을

비 온 후 영하의 날씨에
바람까지 불어
떡갈나무 손바닥만한 잎이
머리 치고 뺨 스치며 나뒹군다.
단풍보다는 낙엽의 의미가 와 닿는 것은
잎이 싱겁게 커서일까 색이 흐릿해서일까
아님 내 마음의 풍선이 김이 빠져서인가.
늦가을 초겨울이 다가섰다.
또 긴긴 겨울잠에 들어야 할까 보다.

〈2013.11.29〉

하루

까치의 검은 꼬리털 군청색이 왜 이제야 눈에 찰까.
머무는 자리에 오른 연륜의 경지인가.
사랑의 감정이 더 이상 타오르지 못할 것 같은 시간의 조급함도,
더 이상 원점으로의 회귀도
사치스런 그냥 이 정도의 둔턱이면 될 것을.
한 세상
노년의 울타리를 넘자니 버겁고 지키자니 고단하다.
긴 세월 아닌 하루가 영겁인 것이 왜 이제야 가슴에 와닿는가.
또 하루가 뜨고 진다.

〈2013.12.09〉

잠들고 싶다

나를 잠들게 하라.

살가운 속삭임 등 모든 소음도 삼가라.

눈부신 햇살도 가벼운 커튼으로 가리어라.

무거운 눈꺼풀은 감은채 쉬게 하라.

명함, ID 모든 내 명패를 거두어라.

그냥 이대로의 평온이 꿈속 같구나.

현재가 내일이 되고 영원이 되도록

나는 잠들고 싶다.

〈2013.12.16〉

변화

내 주변의 모든 것이 커졌다.
평소 앉던 의자도 공간이 넉넉하고
꽉 끼었던 니트셔츠도 넉넉하게 맞는다.
사물이 느슨해 진 걸까 내 몸이 작아졌나.
내가 존경했던 유명인의 처신도 초라해졌다.
저런 사고의 정치인.
저 정도 능력의 관료들.
내 백발 늘수록 세월은 날아간다.

〈2014.01.10〉

산책

섣달 그믐
눈은 파란 하늘에
발은 선릉에 있다.
영상의 날씨에 적당한 삭풍이 상쾌하다.
1·4 후퇴시 경상도 상주골짜기 논밭을
등에 업혀 지나며 먹던 올무맛.
달지 않은 날고구마 생각나네.
반세기 지나 아직도 여운이 남아있나.
전쟁의 기억이….

〈2014.01.28〉

어느 순간

내가 작아졌다.

키도 줄고 몸무게도 줄었다.

옷이 풍성하고 후줄근하다.

그렇다고 몸매에 꼭 맞게 입지는 않는다.

풀어진 마음마저 자로 재고 싶지 않다.

먹는 양도 줄고 운동량도 줄었다.

안광도 지배를 철하다 지친 지 오래고 젊은이 말귀도 이해하기 힘들다.

나는 나인가.

늙음의 미학을 깨우치기 전에 기로에 선 나에게 나는 나인가.

〈2014.02.12〉

고리

인간은 숱한 연결고리 속에 살고 있다.

남녀 간의 초콜렛 연결고리는

사랑의 절정 후 스스로 녹아 끊어지며 끈적한 느낌의 여운만 남긴다.

친구 간의 연결고리는 고무줄로 되어있고

밀고 당겨도 끊어지지 않으며 느낌만을 전달한다.

스치는 뭇 인간들의 연결고리는

일회용 비닐로 되어 있고 관계가 끝나면 수거 후 폐기된다.

내 자신의 연결고리 염색체는

배치 순서만 어긋나도 튀는 또라이로 진화한다.

수많은 고리와 고리, 또 고리와 고리.

고리, 고리, 고리….

〈2014.02.18〉

봄의 소리

미세먼지 온 가득 호흡이 거칠어도
살아 있어 헐떡이니 이 아니 축복인가.
경칩의 반짝 추위 생동의 신호라면
감기 몸살 퍼져도 회춘의 징조인가.
꿈꾸듯 월동하고 간만에 파란 하늘 바라보매
황혼녘 지는 태양 또 다시 맞겠구려.

〈2014.03.06〉

나의 눈

오늘도 병원.

백내장 재발 수술 받는 날이다.

한 번으로 안 되고 꼭 몇 번씩 해야 하나.

그렇다고 버려진 안광이 다시 강해질 수 있을까.

티 샷으로 튀겨나간 하얀 공이 명확히 보인다면

앞에 앉은 여인의 민낯 얼굴 작은 티가 보인다면

그래도 찡그리고 보던 내 예전의 눈이 좋았는데.

손톱손질, 발톱손질, 눈썹손질도 가능했던

모자랐던 내 눈이 좋았는데.

너무 많은 부속이 갈아 끼워지는 것은 아닌지

나는 나의 삶을 살고 싶은데.

〈2014.03.11〉

대모산 하행길에서

박새, 다람쥐 보채서
건빵, 라면 부스러기 먹이 주고
산기슭 오르는 70대 후반 노부부 스치다.
배낭 멘 노인이 걸음걸이 부실한 아내보다 건강해 보인다.
다정하면서도 쓸쓸함이 묻어난다.
봄은 잔인한 계절인가.

〈2014.03.15〉

카리스마

선배를 능가하는 후배는 부지기수.
스승을 뛰어넘는 제자도 상당수.
예수와 부처의 가르침을 받은 수도자는
왜 제자리에 머무는가.
신의 경지라면 신 내린 무당도
성인의 대열에 들어섰나.
가르침 안에는 성인이 되는 기술이 빠져있다.
카리스마는 신과 성인의 경지에
입문하는 기본 필수 요건이다.
신앙의 세계에도 카리스마는 존재한다.

〈2014.04.04〉

봄이 오는 길목, 한강 변에서

수줍은 봄비 조금 뿌리고
철 늦은 북서풍 살갑게 불다
눈이 시리게 구름 약간 맑은 하늘
가슴 속 깊이 빨아들여도
아린 듯 시원한 공기
봄기운 가득한 서울의 하늘을
사랑하지 않을 수 없다.

〈2014.04.05〉

아직도 인생은 어렵다

일선에서 벗어나 지내는 요즈음

한가한 것마저 스트레스.

쉬어도 무언가 성취하며 보낸 시간들.

몸은 편해도 머릿속 공허는 건강 염려의 사치인가.

성공한 삶은, 실패한 삶은, 그 구분은.

새로운 것에의 도전은 귀찮고 느린 시간을 보내자니

가슴이 휑해진다.

60 넘어 손주 볼 즈음에

아직도 인생은 어렵다.

신선, 구름 타다 추락하다.

속세 눈길 벗어나 천상에서 음주가무 즐기다

무인 항공기에 뒷덜미 잡히다.

천상 특권 반납하고 지상에서 뱉는 말

'아… 그래도 늙은 선녀보다 싱큼한 젊음이 좋구먼.'

〈2014.04.06〉

튀기

흔들어 튀면 아이돌
기업인이 튀면 세금표적
정치인이 튀면 득표고高
젊어서 튀면 출세길
늙어서 튀면 주책박
죽어서 튀면 위인
젊어서 못 튄 자 죽어서 튀어라.

〈2014.04.15〉

나 집에 갈래(세월호 선실)

"나 집에 갈래"

다방구 하던 어린시절 해 저문 후 하던 말

"나 집에 갈래"

2차 술자리 후 통금에 쫓기며 하던 말

"나 집에 갈래"

더 이상의 연명치료가 무의미해 가족에게 던진 말

"나 집에 갈래"

물 차오르는 선실에 갇혀 마지막 문자 메시지로 남긴 말

"나 집에 갈래", "나 집에 갈래"

"살아서, 살아서 집에 갈래"

〈2014.04.18〉

똥

"할아버지 머리에 똥 있네."
어린이집에 다녀온 5살 손녀에게 들은 말
"할아버지 똥통에 빠졌네, 구린내도 나고 지린내도 나고 열두 가지 냄
새 다 난다."
어린 시절 피난길에 부모등 두드리며 부른 노래
'똥'은 손주와 조부를 연결해주는
편안한 낱말인가.
손주 똥 기저귀 갈아주던 할아버지 여기 있네.
할아버지 똥 기저귀 갈아주는 손주 저어기 있네.

〈2014.04.22〉

풍선을 불어라

풍선을 불어라.

가슴 속 응어리가 갈기갈기 찢어지도록 풍선을 불어라.

풍선을 불어라.

제 할 일 못하고 세금만 축내는

공직자 빗자루로 쓸어 담아 날려 보내라.

풍선을 불어라.

인간 목숨보다 동전 몇 푼에 눈먼 파렴치 기업인

몽땅 낚시 바늘에 꿰어 날려 보내라.

풍선을 불어라.

못다 핀 가엾은 어린 영령 보듬고

쓰다듬어 고통 없는 천상으로 날려 보내라.

〈2014.04.23〉

기도(세월호 희생자)

육신이 머물다 가는 삶이 이승에서의 인생이라면
영혼이 정처 없이 떠도는 저승에서의 삶은 신만의 세상인가.
신이시여 이승에서의 못다 한 어린 그들
저승에서 활짝 피도록 도와주소서.
영령이나마 제주의 하늘을 날게 해주소.

⟨2014.04.25⟩

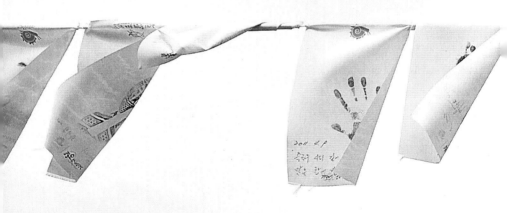

인생의 노래

비 온 후 선릉에서

이보다 더 푸를 수가 있을까
봄비 내린 후 파란 하늘이.
이보다 더 푸를 수가 있을까
봄비 먹은 수목의 싱그러움이.
봄바람에 스치는 산야의 내음마저
다시 젊어지고 싶게 만든다.
나에게 더 이상의 자연은 없다.

〈2014.04.30〉

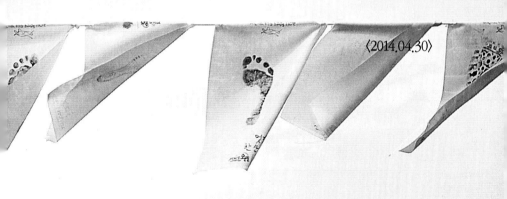

흔적

머물다 떠난 자리는 깨끗한데
한번 두 번 자꾸만 뒤돌아본다.
가다가다 머문 시간은
너무 짧은데
지나간 흔적은 다 뒤로하고
머물다 떠난 자리를 뒤돌아본다.
오줌 몇 방울 흔적일 뿐인데
머물다 떠난 자리는 깨끗한데…

〈2014.05.03〉

떳떳해지자

내 몸 뒤처리 못하는 날
종칠 준비하자.
효자 자식, 간병인 여유 없으면
종을 쳐라.
나라 허리, 젊은이 허리
뚝 소리 내지 말자.
만 60세 생일 날 이후
매년 번지점프하자.
능력검증 후 팔팔하게 살자.
거부하는 자, 1억 원씩 기부하자.
안 내는 자, 국민자격 박탈하자.
주민증 말소, 연금 복지 중단, 건보 취소.
투표권 중지, 전철 무료 거부.
노인도 당당한 국민이다.
자격 있는 노인, 존경받는 노인을 만들자.

〈2014.05.31〉

소나기 그친 후

소나기 그친 하늘 공기.
콧속까지 뻥 뚫렸네.
여우 오줌 잔비보다 굵은 게 좋구먼.
땡 하고 화끈하게 좋 치는 거
선호할 때도 있지.
오랜만의 소나기
자주 오기 기대한다.

〈2014.06.11〉

제비

또 지나갔다 며칠 전 꿈속에
효창원 푸른 숲 눈물 닦던 소녀가
꽁지머리 끄덕이며 나를 보던 그 시절이

또 지나갔다 며칠 전 꿈속에
공덕동 가파른 언덕길 물지게 지고
오르며 숨 몰아쉬던 그 시절이

또 지나갔다 며칠 전 꿈속에
드론의 눈을 빌어 산새 협곡 벗어나
드넓은 평야 누비는 제비가 된 내가

〈2014.06.12〉

호칭

'늙은이'의 불림이 좋은가, '늙은 놈'이 좋은가.
'늙은 놈'은 동년배 이상이 농 섞어서 부름이요.
'늙은이'는 젊은이가 연민 섞어 부름이니.
늙은 층에서 '늙은 놈'으로 불림이 덜 서럽구나.

〈2014.06.17〉

꿈

뒤척이다 맞는 꿈은 온통 장애물이다.
치워도, 치워도 끝이 없다.
벗어나려 다시 뒤척이면 잠마저 달아난다.
식은 땀 마르면 다시 밤이다.
푸른 꿈 고사하고 핑크 빛 꿈꾸려 계속 뒤척인다.
아~ 벌써 동이 트네.
내가 잠들었었나

〈2014.07.04〉

무슨 색이 좋노

타고난 심성에 빛깔을 넣자.
빛깔의 발현은 철들고 나서
검정은 구린 놈, 빨강은 나선 놈,
파랑은 냉정한, 회색은 흐릿한,
초록은 편안한, 노랑은 유쾌한
그래서 철들기 전에 묻는다.
무슨 색이 좋노?

〈2014.07.17〉

신문지 이불

신문지를 덮고 자자.
몸속의 독소도 흡수되고
후더분한 땀냄새도 사라진다.
신문지를 덮고 자자.
채 못 본 정보도 광고도
기억으로 착각되어 저장된다.
신문지를 덮고 자자.
자다 깨어 지난 기사 뒤적이면
깊은 잠 빠져든다.
신문지를 덮고 자자.
종이기름 냄새
못 다한 학구열 달래준다.
신문지를 덮고 자자.
노숙인 심정 헤아려 볼 절호의 기회다.
신문지를 덮고 자자.
온갖 유명 정치인, 재벌, 범죄자 모두
나를 두르고 있으니

아니 이보다 든든할까.

마음이 변하면

신문지를 깔고 자자.

둘둘 말아 공기 넣어 움켜질수록 푹신하다.

〈2014.07.20〉

산오름

성이 차면 그칠까
너의 산오름이.
무릎이 시큰하면 그칠까
너의 산오름이.
동반자 헤어지면 그칠까
너의 산오름이.
평생 누울 자리 구하면 그칠까
너의 산오름이.
내려오며 다시 오름 속태운다.

〈2014.07.24〉

소나기나 내려라

입추가 목전인데 무덥네.

장끼도 숲을 벗어나

내 앞을 눈 부딪치며 걸어간다.

조루 장마 끝 더위

세월호 생각에 태풍도 비껴가나.

그래도 가뭄에 목 타는 자연을 보자.

시원한 소나기나 내려라.

좌악 좌아악~

〈2014.07.24〉

붓글씨 3인

붓글씨 쓰다가…

장가놈 왈 "지금껏 '가나다라…'했으니 숫자처럼 개념이 있는 것도 아니고

이제는 '자차카타파하…'로 시작하면 어떻노."

옆의 용가놈 "무슨 소리, 그래도 순서는 있어야지. '아자차카타파…'로 해야지."

앞의 채가는 "놀고 있네. 그 시간에 한 자 더 써."

〈2014.07.26〉

살아 있음에

살아 있음에 그대의 숨결을 고르고
살아 있음에 나의 식은 정 되삭인다.
어둠이 걷히고 희미한 여명 속에
꿈틀대는 생명체는 누구인가
토라질 줄 알던 그 시절은 다시 올 줄 모르는데

〈2014.07.28〉

등짝

여보게!
앞서 걷는 네 등짝이
10년 전 30보 앞서 걷던 네 등짝 너비이니
어느새 저만치 비껴갔나
쪼그라든 건가
내 앞서 갈 테니
보거라 내 등짝도

〈2014.07.29〉

늙은 인형

늙은 인형 지나간다.
팔은 바쁜데 걸음은 어기죽
앞만 보는 눈가는 정갈하다.

늙은 인형 지나간다.
신호 눈 돌린 채 무작정 돌진
나만의 세상인 양 거리낌 없다.

늙은 인형 지나간다.
등 굽은 좁은 어깨
좌우 흔들, 다리는 그래도 전진이다.

〈2014.08.22〉

상상 속 그대

어제가 있어 그대를 알았고
오늘이 있어 그대를 사랑하고
내일이 있어 그대를 그리워하리니
내 모든 시간이 그대 것이라.
그대 내 생각으로 잠 못 이룸이
오직 나만의 상상인가
세월 지나 마음 속 빈터는 무엇으로 채우나
나, 오늘이 있어 행복하고
내일의 추억에 눈물지겠네.

〈2014.08.24〉

치매 노인의 노래

나는 바보인가 봐.

옷의 단추 하나 제대로 못 맞추니…

나는 바보인가 봐.

사진 속 빛바랜 형제 얼굴은 구분해도

사랑하던 자식 얼굴을 잊었으니…

나는 나는 정말 바보인가 봐.

그리움, 외로움의 단어조차 생소하니까….

〈2014.09.03〉

멈춰야지

멈춰야지, 이 쯤 해서…
판·검사의 성 타락, 장군의 일탈
정상이면 바보가 되는 세상

멈춰야지, 이정도서…
남이야 어찌되는 나만 위한 세상
부모 형제는 고사하고 자식도 귀찮은 세상

멈추지 못하면 뒷걸음이라도 치자
나잇값 못하는 주름진 인간들
나이라도 토해내자

〈2014.09.04〉

노인의 절규

내가 전에 그랬지.
듣는 대로 하지 말고
보는 대로 하라고.
이제는 말한다.
보고 듣는 모든 것
다 믿지 말라고.
한 술 더 뜬다면
믿을 놈 한 놈도
아니 너 자신도 못 믿어.
네가 널 못 믿는데
누가 널 믿어.

〈2014.09.11〉

너무 쉬운 일

그렇게 쉬운 일인데…
마주친 이웃에 어색한 웃음 한 번 짓기가

그렇게 쉬운 일인데…
무덤덤한 자식
등 두드리며 사랑한다 말하기가

그렇게 쉬운 일인데…
우울한 마음 달래려고
무작정 여행 떠나기가

잘난 위엄, 하찮은 존심 때문인가

정말, 정말 쉬운 일인데…
등짐 내려놓고 누워
파란 하늘 바라보기가

〈2014.09.13〉

고추잠자리 짝짓기

네 날개에 내 몸 싣고
내 날개에 네 몸 실으니
일심동체 그런대로 날만 하구나.
지상의 열반·천상 여행이 바로 이것이라.
두 개의 평행선·화합의 둥근 원 만드니
날다가 구르다가 그 끝이 어디인가.
연이 심술 발동해 손가락 톡 치니
아이고 고마워라.
환상에서 다시금
각각의 현실로 돌아왔네.

〈2014.09.17〉

하느님 고백

내가 인간들 생사를 거머쥔 절대자라 해도 순리는 존중한다.

눈 뜨는 자와 눈 감는 자가 엇비슷해야 인간 세상 삶의 경쟁이 달지.

목에 차고 경쟁에서 밀려도 아등바등 삶의 끈 놓지 않으니

인간아

그러니 인간사 짐승과 똑같구먼.

"늘어난 목숨 부지해 달라." 나에게 더 이상 기대지 마라.

내 다리 잡고 늘어지는 인간에 치여

나마저 천상생활 접을지 모르겠어.

〈2014.09.19〉

쫑과 짱아

기대치를 낮춰라.
상대가 누구이든

부모이기는 너무 늦었고
품 떠난 자식이라면 더욱 더

상대가 누구이든
당신의 애완견 '쫑'이라고 생각하라.

애증의 배우자라면 더욱 더.

길들여진 품성은 여전하니
당신의 애완견 '짱아'라고 생각하라.

실망과 미움을 '쫑'이 달래줄까.
'짱아'가 핥아줄까.

〈2014.09.22〉

가을 정서

가을 깊어지는 내음 느끼시나요.
파란 하늘 맑은 공기 들숨으로 쑥 빠세요.

가을 깊어지는 색의 반란 느끼시나요.
단풍 신고 수목들의 요란행사 참여하세요.

가을 깊어지는 소리 들으시나요.
바람소리 솔솔 들판에 서세요.

가을 깊어지는 쓸쓸함 어이하나요.
옛사랑의 언저리라도 잡아보세요.

〈2014.09.26〉

혜인아·서윤아

혜인아·서윤아
태어나서 길 때는
땅만 보고 자랐지.
이제는 앞을 보고 나가지만
고개 들어
조금 위 하늘 보고 나가라.
조금 더 멀리 보고….

아래와 가까운 곳은
긴 세월 지나 늙어지면
자연스레 보게 된다.
실컷 놀고 실컷 먹고
소리도 지르고….

〈2014.09.27〉

사랑

내가 네 편에 서면
너를 사랑하는 거고
내가 쟤 편에 서면
쟤를 사랑하는 건데
네가 내 편에 서면
나를 사랑하는 건가.
사랑하는 것은 주는 것일 뿐
받는 사랑은 채워도 채워도
끝이 없어라.

〈2014.09.30〉

선릉의 가을

참새 날다.

박새 날다.

짝 잃은 직박구리도 서성인다.

도토리 떨어진다.

설익은 단풍

가을바람에 맥없이 스러진다.

콧속 공기 맛도 상큼하다.

인적 드문 선릉에

가을이 왔다.

〈2014.10.04〉

책갈피 단풍잎

가을이 가기 전
단풍잎 서로 주며 떠나자던 그 사람
그 사랑 책갈피에 잠들어 있네요.
바랜 잎 부숴질까 다시 펴지 못하고
마음 졸여 그 글귀 되새겨 봅니다.
"사랑의 빈틈은 그리움으로 채워요."

〈2014.10.05〉

황혼녘 친구들

나· 강남에 살고
너· 용인에 살고
굽은 등 어깨는 누가 먼저 보았는가.

나· 강남에 살고
너· 일산에 살고
어기죽 오리걸음 누가 먼저 보았는가.

나· 강남에 살고
너· 강서에 살고
이성에 손 놓은 거 누가 먼저 보았는가.

나· 강남에 살고
너· 서울에 살고
서쪽하늘 지는 해 누가 먼저 보았는가.

가는 길도 쫓기는데
지나온 길 언제 보나
앞서거니 뒷서거니
그냥 못 본 채 쫓아가세.

〈2014.10.07〉

가을 남산

가을 들어 하늘 푸른
남산에 오르다.
익숙한 돌계단
배낭 끈 안쪽으로
엄지손가락 슬며시 들어가 받친다.
반백년 전
물지게 지고 언덕배기 오르매
여린 어깨 주저앉을까
간섭하던 버릇이다.
세월은 소년에서
청년·장년·노년에 이르고
내 오늘도 남산에 오른다.
요우커들로 꽉 찬 정상
내 걸친 모자·조끼·셔츠·바지·구두
죄다 made in china
내가 요우커가 되었나.
남산의 경도經度가 흘러갔나.
나는 세월 따라 여기 섰는데…

〈2014.10.09〉

신에게

천상의 신에게 묻네요.
나를 보호해 줄 수 있나요?
"너는 천하의 미물 중 하나인데"

지상의 신에게 묻네요.
내가 보호받을 수 있나요?
"너는 지상의 미물 중 하나인데"

내가 특별히 보호 받을 수 있는 신은
살아있는 한 나밖에 없네.
내가 나를 보호하려면
피스톨 한정으로 멈추자.
더 이상의 보호는
타인을 위해 필요치 않네.

〈2014.10.13〉

달라졌어요

삐딱한 두 눈길이 순간 부딪힌다.
쇠 긁는 목소리 날카롭게 오간다.
소와 닭 사는 공간

"달라졌어요."

기대치가 가여움으로 바뀌고
미운정이 고운 정으로 변하면

"달라졌어요."

그래도 잘못 낀 단추라면
확 뜯어버리세요.

〈2014.10.15〉

자화상 인형

당신의 자화상 인형을 만들어 드릴게요.

얼굴의 주름살은 없애면 안 됩니다.

빠진 머리 백발도 바꾸면 안 됩니다.

연륜에 맞는 의상은 마음대로 꾸미세요.

개성은 "캐릭터"란 이름으로 재주껏 뿌리세요.

기묘한 표정도 억지 자세도 다 가능합니다.

5분의 1로 축소된 나의 인형이 기다립니다.

굴곡부 도로 반사경 앞에서….

〈2014.10.23〉

멍 때리기

초점 잃은 눈동자는
반쯤 감겨 허공을 응시한다.
맞잡은 두 손은 힘없이 포개있다.
무표정한 백치의 얼굴은
명상에서 멀어진다.
천진난만한 미동도 없고
근본이 천치도 아니다.
멍 때리기 승자는 누구인가.

〈2014.10.29〉

내 손녀

손녀딸이 오른다.
내 수없이 오르던 남산을
제 무릎보다 높은 계단을
손도 쓰지 않고 오른다.
"할아버지 빨리 와요."
뒤돌아보며 재촉한다.
남산타워 "테디베어" 인형 욕심이 있긴 하지만

"하비 같이 가요."
앞서 걷던 나를
기저귀 찬 채
뒤뚱대며 쫓아오던 그 손녀가.

〈2014.11.04〉

꼬꼬닭

나는 지금껏 닭장에 살고 있다.

조그만 틀 안에서 모이도 쫀다.

그물 사이로 들어오는 공기로 숨도 쉰다.

가끔 바람 쐬러 외출도 한다.

내가 낳는 알의 대가로 배부르게 먹는다.

시간이 지나면 이곳은 서열도 없다.

언젠가 퇴계가 되면 퇴출될까 두렵다.

벗어나고 싶어도 혼자 살 자신이 없다.

사료만 축낸다 싶으면 운명의 날이 오겠지.

〈2014.11.05〉

버거워라

꿈속을 헤매다 문밖에 서니
내 정신은 여전한데 네가 안 보여.
온갖 만신이 춤추는 이곳이 별천지인가.
날고 걷다 머문 자리가 여명 속에 희미한데.

한 줌의 흙과 바꾸자니
지나온 흔적이 너무 초라해.
손틈으로 날리는 흙먼지 속에
내 인생 묻기가 너무 버거워라.

〈2014.11.05〉

대한의 어르신

현대에 살며

근대의 문명 속에 사는 당신에게

IT가 힘들어도 소통으로 푸세요.

나이 불문 현실에서

체면이 무엇이고 체통이 대수인가요.

먼저 알면 선배고 뒤처지면 몸으로 풀어야지

경험도 노하우도 가질수록 짐이고

사갈 사람 없으니 잘라 버려요.

그냥 귀 열고 눈 뜨면 뒤따라가요.

앞서지는 못하지만 대열서 빠지지는 마세요.

그냥 밀려갑니다.

당신은 자랑스런 대한의 어르신.

〈2014.11.06〉

너무나 긴 여행

내 살아 네 머리 어루만지니
애기야 응석 접고 뜻대로 훨훨 날거라.
나 살아 미소 지으며 그대 가슴에 손 얹으니
여보야 아직도 따뜻한 심장 여전하구려.
내 늙어 먼 산 보며 네 두 손 마주 잡으니
여보게 언제 그리 세월 갔는가.

내 동공 풀린 채 그대 발 감싸 안으니
신이여 그래도 당신 품이 편안합니다.

〈2014.11.07〉

사랑으로

영혼을 투석한 후 바라본 당신의 머리는
왜 그리 크고 무거워 보이는지
그 속엔 욕심, 질시, 애증, 집착으로
가득 차 있나요.
부피 없고 가벼운 사랑으로 채워 봐요.
꿈속에서 당신은 날아 볼 수 있어요.
사랑의 내음을 뿌리며
여생은 천사가 된답니다.

〈2014.11.07〉

낙엽 I

밟힌 낙엽이 소리하네.

거름 되라 짓이기는 것은 좋으나

부서지는 소리내기는 싫다네.

살살 밟고 걷는 마음, 나도 매한가지

흙먼지에 더럽히고 구멍 술술 그 모습이

노년의 우리와 왜 그리 닮았는지.

겨울이 오면 눈 속에 묻혀

존재마저 사라지니.

〈2014.11.08〉

산행 I

산길을 오르며
내 뒤에 눈 없고 내 옆에 눈 없으니
네 모습 보려면 네 뒤에 서네.
뒷모습 어설퍼서 너 아닌가 다시 본다.
얼굴 돌려 나 보면 안 될까.
너인 걸 알아야 그리워 사랑하게 되니까
앞서 걷는 자, 리더 인생 반백 년.
그대 뒤따르니 너무 쉽게 달아나지 말아요.
그대 또한 앞선 자 뒤에 서니.

〈2014.11.11〉

산행 Ⅱ

내 눈, 앞에 있어

뒤처진 그대 헤아릴 수 없으니 어이하나.

사라질까 넘어질까.

고심 속에 넘는 이 고개가 왜 이리도 아득한지.

그대 앞세운 걸음이 차라리 편한지라.

잠깐 멈춰 자리 바꾸세.

우리 삶의 반환점이 어디일지라도.

무심히 걸어온 길이

벌써 어둠 속에 갇히니.

아무나 불 밝혀

다시 한 번 돌아보세.

〈2014.11.11〉

낙엽 II

바람 부는데
끝물 단풍 애처롭고
이리 뒹굴 저리 뒹굴
낙엽들 세상 만났네.
큰 떡갈나무 잎은 저희끼리 몰려다니고
이름 모를 작은 잎들은 제자리걸음
망가진 미물도 섞이기는 싫은가.
조물주의 고집은 가이없어라.

〈2014.11.12〉

잘난 남자

나이 들어도 이성으로 느껴지는 남자.
갖출 건 남보다 조금 더 갖춘 남자.
세월 탓에 무디나 선이 살아있는 남자.
뭇 남편의 부족함에 대리만족을 더 할 줄 아는 남자.
어색한 듯 숨겨진 끼 있는 남자.
속된 듯 속되지 않은 남자.

진정, 당신은 아직도 사랑받을 수밖에 없는
사랑을 기다릴 줄 아는 남자! 남자! 남자!

〈2014.11.14〉

낙엽 Ⅲ

갓 떨어진 작은 낙엽 한 잎
빨강 단풍색 짙게 내 발에 서다.
좀 더 버티다 졌으면 좋으련만.
아침 햇살 받아 더 눈부시다.
반환점에 선 중년의 여인인가
얼른 주워 가방에 넣다.
밟히기 전에 나라도 주워야지.
후두둑~ 장끼 한 마리 잽싸게 뛰어간다.
까투리 단풍잎 떨어졌나.

〈2014.11.15〉

가을과 겨울

가을은 갔나.
수목은 마르고 강물은 흐르는데
아침 북적이던
한강공원도 썰렁하고
겨울준비 까치만
부산히 오고 가네.

제법 찬 공기에 옷깃을 여미니
겨울이 왔나.

〈2014.11.16〉

E·T 1호

당신의 가슴이 말라갑니다.
병마, 가족걱정, 가계파탄이 불꽃피어
활활 타네요.
당신의 머리가 퉁퉁 부어갑니다.
온갖 탐욕, 질시, 불만이 강물처럼
밀려드네요.

당신은 곧 외계인, 똥까이가 됩니다.
축하해요.
지구인 출신 E·T 1호입니다.
반세기만 버티세요.
그리고 지구를 떠나세요.

〈2014.11.16〉

성숙의 매력

벌레 먹은 장미가
채 피기도 전에 시들어버린 꽃잎보다
아름답다.
단풍 들어 고운 자태 뽐내다
"사각" 발에 밟힌 나뭇잎이
그대로 말라 가지에 붙어있는
그네보다 아름답다.
사랑 실컷 하다 지쳐 몸져누운 여인이
숙맥 처녀보다 진정 사랑스럽다.
사랑은 불타야 재가 되고
그 재는 영원하다.

〈2014.11.19〉

반세기 전 저녁 밥상

양은 솥단지 물 끓는다.
누런 통밀가루 반죽 수제비 뜬다.
여섯 식구 둘러앉아
멀건 간장 국물째 해치운다.
한 시간 지난 뱃속
꼬르륵 꼬르륵

〈2014.11.24〉

삶과 죽음

인간이 죽어 불타면

맴돌던 영혼은 연기 속에 승천하고

육신은 재가 되어 자연으로 회귀하니

천신과 지신 모두다 품 안이라

군자도 인간말종도

눈감으면 차별이 없구나

살아서 귀천에 대한 집착도

지옥의 두려움 공포도

다 부질없는 것

죽어 화장을 결심한 자여

그 영혼 승천할지니

살아서 후회 없이 즐겨보소.

〈2014.12.02〉